LE DEUX DÉCEMBRE,

POËME

EN

CINQ CHANTS.

LONDRES ET NEW-YORK,
CHEZ TOUS LES LIBRAIRES.

1853.

LE 2 DÉCEMBRE,

POËME EN CINQ CHANTS.

LE

DEUX DÉCEMBRE,

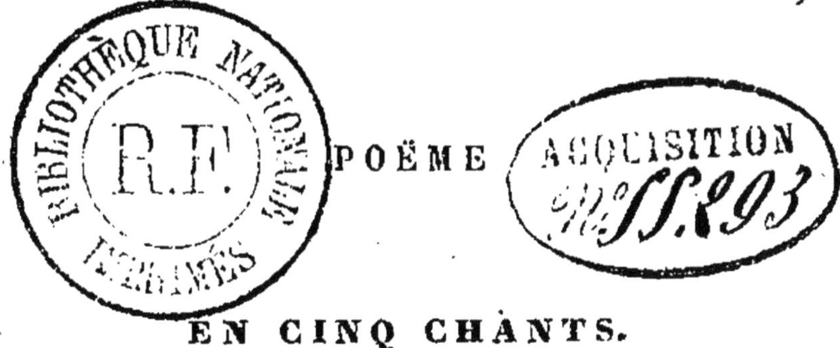

POËME

EN CINQ CHANTS.

LONDRES ET NEW-YORK,

CHEZ TOUS LES LIBRAIRES.

1853.

AVERTISSEMENT DE L'ÉDITEUR.

—

Le poëme que nous publions est l'œuvre d'un proscrit français qui n'a échappé aux sbires de M. Bonaparte que pour s'éteindre dans l'exil.

Une raison nous empêche de mettre son nom en tête de son œuvre :

En mourant, le proscrit n'a pas exprimé la pensée formelle de donner de la publicité à ce poëme dont il aimait tant à réciter des fragments à ses amis.

Nous l'imprimons cependant parce que nous en croyons les peintures utiles à la propagande autant qu'elles sont vigoureuses de touche et d'une rigoureuse vérité.

—

CHANT PREMIER.

L'ÉLYSÉE.

LE 2 DÉCEMBRE,

POËME EN CINQ CHANTS.

CHANT PREMIER.

L'ÉLYSÉE.

Les abat-jours aux couleurs sombres
Au front des carcels sont placés
Et jettent de sinistres ombres
Sur les doubles rideaux baissés ;
Dans la profonde cheminée,
La buche, par le feu minée,
Craque et se relève en deux parts,
Et de fumée un blanc panache
Sort, tourbillonne et se détache
Des tisons sur la cendre épars.

Livrés aux terreurs de l'attente,
Autour d'une table groupés,
Trois hommes, la prunelle ardente,
Parlent par mots entrecoupés ;
Un quatrième se promène ;
Mais un instinct bas le ramène
Aux flacons d'un large plateau ;
Et, d'une main tremblante, il noie
La fièvre dont il est la proie
Dans des flots épais de Porto.

C'est Bonaparte et ses ministres,
Instruments de son coup d'État ;
Sur leurs lèvres aux plis sinistres
Se lit un infâme attentat.
Au bruit que le vent leur apporte,
Leur œil se tourne vers la porte,
Leur oreille écoute et se tend :
Telle, à l'affût sur la grand'route,
De brigands une bande écoute
Le bruit du coche qu'elle attend.

Soudain le feu monte à leurs joues ;
Leurs yeux s'observent tour à tour ;
C'est qu'ils ont entendu des roues
Brûler le pavé de la cour ;
Puis du salon la porte s'ouvre
Et la large table se couvre
D'or qui s'échappe à flots pressés
De sacs escortés par la garde,
Et que chacun compte et regarde
Avec des rires d'insensés.

Du palais où veille le crime,
Au même instant, les favoris,
Pour se joindre au conseil intime,
S'arrachent des bras des houris.
Avertis par des émissaires,
D'autres accourent : — commissaires
Et colonels, et généraux, —
Surpris, achevant leurs toilettes,
Sans écharpes, sans épaulettes,
Traînant des sabres sans fourreaux.

Les voilà qui viennent en masse,
Vautours dont l'aile frappe l'air,
Troupe de corbeaux qui croasse,
Chiens hideux, guidés par le flair ;
Ils ont deviné le carnage
Qu'un brigand, honte de notre âge,
Réserve à Paris endormi ;
Leur âme au meurtre préparée
Attend la sanglante curée
D'une autre Saint-Barthélemy.

Le Cartouche de l'Élysée,
A tous ces bravi rassemblés,
En voyant leur dent aiguisée,
Montre ses écus empilés.
Il ne leur parle pas de gloire ;
Le salaire après la victoire
Tente bien plus leur appétit ;
Chacun prend un rôle à sa taille :
C'est la veille de la bataille
De Napoléon-le-Petit.

« Voilà donc, dit ce chef de bande,
» Ce qui, jusqu'ici, nous manqua!
» Bénissons la grasse prébende
» Que nous verse Casabianca (A)!
» Allons! du héros de Brumaire,
» Malgré les erreurs de ma mère,
» Prouvons que je suis le neveu ;
» Agissons quand Paris sommeille,
» Et que demain il se réveille
» Dans les fers, le sang et le feu.

» Toi, de qui la Caisse d'escompte,
» Pour deux millions en retard,
» Attend une réponse prompte,
» De mon destin suis le hasard,
» Morny, de la niche à Fidèle
» Que Phryné te bâtit près d'elle,
» Tu vas couvrir d'or les parois...
» Notre mère dut s'y connaître :
» Elle a dit que nous devions être
» Heureux... comme le beau Dunois. (B).

» Saint-Arnaud, demain la tempête
» Peut souffler, du côté d'Alger,
» Sur les noirs feuillets d'une enquête
» Où ton honneur court grand danger.
» Malheur si le coup d'État manque !
» Il nous faut des billets de banque...
» Que le Rubicon soit franchi !
» Sinon, à côté de ton maître,
» Bientôt tu pourrais reparaître
» Dans les cellules de Clichy (c).

» Maupas, couvre d'or ta police,
» Toi qui sais, sans être sorcier,
» Comment, pour perdre un homme, on glisse
» Un petit faux dans un dossier.
» De la Justice de Toulouse,
» Si ton âme n'est pas jalouse
» De subir la sévère loi,
» Contre nos ennemis sois ferme :
» Si Mazas sur eux ne se ferme
» Toulon pourrait s'ouvrir pour toi (d).

» Toi, Magnan, prends pour tes factures,
» Et retire, car c'est pressé,
» De Lille, tes dix signatures
» Qui sont dans les mains de Tencé.
» Tu renverras à Gand, à Liége
» Chaque créancier qui t'assiége;
» Et, nos ennemis immolés,
» Je veux, pensant à ta famille,
» Qu'aux fleurs d'oranger de ta fille,
» Quelques boutons d'or soient mêlés (E).

» Persigny, toute honte bue,
» Reprends ton grade de sergent,
» Règle la paye et distribue
» Rations de vin et d'argent.
» Mais songe à faire la besogne
» Mieux qu'à Strasbourg, mieux qu'à Boulogne;
» Car tu signes en ce moment,
» D'une main faite aux tricheries,
» Pour Vincenne... ou les Tuileries
» Notre billet de logement.

» La presse est à moi tout entière...
» J'entends celle qui survivra;
» Car je prétends faire litière
» De journaux — j'ai pour moi Vieyra : —
» Craignant qu'une feuille sincère
» Ne l'accuse d'être faussaire,
» Il ira, l'épée à la main,
» Destructeur cynique et farouche,
» Au *cicero* fermer la bouche
» Et broyer le *petit-romain*.

» A nous toute plume servile,
» Qui nous fit la guerre d'abord ;
» Pour son papier taché de bile
» Nous aurons de la poudre d'or.
» A nous le banquier journaliste (F)
» Qui, pour Ledru, dressa la liste
» De tous les Turcaret vaincus,
» Disant qu'il serait ridicule
» Que Février eût un scrupule
» A faire suer leurs écus.

» A nous le gros docteur encore,
» Favori du hasard moqueur,
» Qu'une double lèpre dévore,
» L'une à la face, l'autre au cœur (G).
» A nous de ce Fantanarose
» Le compère de qui la prose
» Jamais ne s'aligna pour rien,
» Artiste prêt pour tous les rôles,
» Que Guizot nomma roi des drôles...
» Et Guizot s'y connaissait bien !

» A nous encor Laguerronnière
» Qui marcha dans tous les chemins,
» Qui servit sous toute bannière
» Et qui reçut de toutes mains.
» L'on argentera la dragée,
» Vers son grand journal dirigée,
» L'on rafraîchira son clairon,
» Si sa nouvelle apostasie
» Ne naît pas de sa jalousie
» Pour Cassagnac et pour Véron.

» Je veux mettre dans ma partie,
» Quoiqu'on me sache un peu pervers,
» Cet écrivain de sacristie,
» Veuillot qui bénit l'*Univers*.
» Pour la calomnie et l'insulte,
» J'y joindrai ce jurisconsulte,
» Cauvin, Triboulet de barreau,
» Quasimodo de guillotine,
» Qui, dans les rangs vaincus, butine
» Des victimes pour le bourreau.

» Payons grassement un volume
» A Mayer, scribe mirmidon,
» Payons Césena dont la plume
» Jadis s'éraillait pour Proudhon ;
» Payons Mauduit qui pour Pégase
» Monte un grand sabre avec emphase :
» (Dans l'armée il faut des mouchards...)
» Payons l'auteur du *Spectre rouge*,
» Que nous enlèverons au bouge
» Pour qu'il trône sur les Beaux-Arts.

» A nous, ces faiseurs de nouvelles
» Dont les *canards* fort peu légers
» Portent, sous leurs épaisses ailes,
» La calomnie aux étrangers ;
» Mouchards de plume, Argus de style,
» Dont la conscience ductile
» A tant la lettre fit marché,
» Qui, pour un bon mot éphémère
» Livreraient ami, frère ou mère...
» Et dont le type est Paul Fouché.

» A nous la muse bicéphale
» Des deux Marseillais siamois ;
» Après leur chanson triomphale
» Ils émargeront tous les mois.
» A nous Boyer, Arsène Houssaye,
» Et que leur mandoline essaye
» A prix d'or un air fanfaron ;
» Faute de voix qui nous enchante,
» Enfin que Belmontet me chante,
» Lui qui jadis chanta Néron (H).

» Venez, vous dont la blanche hermine
» Couvre les noires passions ;
» Venez, frais prélats dont la mine
» Trahit les macérations.
» L'or est l'appoint de mes promesses ;
» A nous l'Église avec ses messes ;
» Nous ne craignons plus son *veto ;*
» A nous, salutaire complice,
» La balance de la Justice
» Dont nous emplirons un plateau.

» Qu'au sein de Paris, tous les Corses
» Dont le dévoûment m'est acquis,
» Grâce à mes sonnantes amorces,
» Fassent la guerre des maquis.
» C'est l'embuscade meurtrière,
» C'est le coup porté par derrière
» Qui mettront Paris en émoi.
» Bacchiocci, parle, agis, combine,
» Va, bourre d'or leur carabine....
» Et gardes-en beaucoup pour toi !

» Marquises, actrices coquettes,
» Et vierges du quartier Bréda,
» Que, pour varier mes conquêtes,
» Fleury met sur son agenda (1).
» Parcourons la gamme du vice,
» Du salon jusqu'à la coulisse,
» De la coulisse au boulevard ;
» De mon boudoir que les bougies
» S'allument donc pour les orgies
» Où présidera miss Howard.

» A nous ceux qui veulent un maître,
» Tant corrupteurs que corrompus,
» Ceux qui brûlent de se repaître
» Et surtout ceux qui sont repus.
» A nous, modérés frénétiques,
» A nous, Tartufes et sceptiques ;
» Lorsqu'en plein drap d'or nous taillons,
» Sur le succès qu'on se repose :
» A défaut de la bonne cause
» Nous aurons les gros bataillons.

» A moi, tous les sergents de ville,
» Écoutez ce son argentin ;
» A moi, mouchards, engeance utile,
» Je veux dorer votre rotin.
» A moi, mes braillards à la course,
» Qui veniez puiser à la source
» D'un ruisseau par vos soifs tari...
» A moi, soldats, faites merveille...
» Je joins de l'or à la bouteille
» Que vous vidiez à Satory.

» Sur les quais que le canon roule,
» Sombre et bruyant comme un tocsin !
» Que la balle s'ajuste et coule
» Dans le fusil du fantassin !
» Que le cavalier sur la selle,
» Hors du fourreau qui le recèle
» Agite son sabre dans l'air !
» L'or nous assure, en digne frère,
» Chacun des éléments de guerre.
» Le bronze, le plomb et le fer. »

Ainsi cet esprit taciturne
Répand les secrets de son cœur,
Comme on voit, sur ses bords, une urne
Trop pleine épancher sa liqueur.
De cette parole abondante,
Fébrile, moqueuse, imprudente,
Rien ne peut arrêter l'essor ;
Elle est, sous l'élan qui la presse,
Le produit d'une double ivresse :
Ivresse du vin et de l'or.

Aussitôt cette tourbe, accrue
De vingt séïdes factieux,
A l'ordre du maître, se rue
Sur cet or qui brûle leurs yeux.
Ce n'est plus un trompeur mirage
Dans le vil métal, avec rage
Toute main plonge et se salit ;
On voit Bérard, de ses deux poches
Faire deux immenses sacoches
Que jusqu'à la gueule il emplit.

Alors Persigny se transporte
Chez Espinasse qui, cent fois,
Jura de mourir sur la porte
Du temple sacré de nos lois :
« — Colonel, Bonaparte compte
» Sur votre épée ardente et prompte ;
» Le coup d'État est décrété.....
» Mais quand un tel coup s'exécute,
» On se munit avant la lutte
» Contre une éventualité (J). »

A ces mots — audace inouie ! —
Cent billets de mille, entassés,
Vont frapper sa vue éblouie
Et sur sa table sont laissés.
Espinasse les considère....
Il tremble, il hésite.... il adhère :
« — Vos vœux ne seront pas déçus, »
Dit-il... Il les prend, il les place
Sous son habit... Noble cuirasse ! —
La croix d'honneur brille au-dessus !

Et l'homme aux folles équipées,
Du crime, habile recruteur,
Va brocanter d'autres épées
Avec son papier tentateur.
Et pas un chef, l'âme indignée,
D'un glaive en serrant la poignée,
Ne ressent de mâles frissons ;
Nul ne le brise à cet outrage,
Et du sergent, nul, au visage
N'en jette les nobles tronçons.

Déjà, la prunelle enflammée,
Le hardi brelandier Morny,
Au ministère, à main armée,
S'en va détrôner Thorigny.
Soumis aux caprices du maître,
Celui-ci n'ose se permettre
Un mot qui pourrait le fâcher....
Et Morny dicte, écrit, paraphe,
Puis fait parler le télégraphe...
En style menteur de Faucher.

A ses cinquante commissaires
Qui déjà grouillent dans les cours,
Troupe d'aveugles janissaires,
Maupas adresse ce discours :
« Prenez lanternes sourdes, limes
» Et rossignols, engins des crimes,
» Pendant que partout le sommeil
» Épand ses rêves fantastiques,
» Aux voleurs de nuit, vos pratiques,
» Que chacun de vous soit pareil.

» Partagez-vous en sept cohortes ;
» Droit aux cinq généraux d'abord !
» De Baze allez briser les portes,
» Ayez-nous Charras vif ou mort.
» N'écoutez ni les pleurs des femmes,
» Ni les noms de traîtres, d'infâmes
» Qu'à la face on vous jettera ;
» Subissez l'injure... et le reste...
» C'est pain bénit, manne céleste ;
» Demain tout vous profitera. »

A l'Imprimerie où Saint-George
Gouverne (K), tous les ouvriers,
Par des soldats pris à la gorge,
Sont traînés à leurs ateliers ;
Ils ignorent ce qu'ils composent ;
A côté de chacun se posent
Deux soldats, pistolet en main...
Quel silence ! c'est le nuage
Calme et noir où se fait l'orage...
La foudre en sortira demain.

Foudre qui tombe sur la ville !
C'est le coup d'État proclamé !
Dieu grand ! c'est la guerre civile,
C'est le parjure consommé !...
Attendez... Paris dort encore...
Du bourgeois les feux de l'aurore
N'ont jamais coloré le lit...
Mais du travail a sonné l'heure ;
L'ouvrier quittant sa demeure
Au carrefour s'arrête et lit.

—

CHANT DEUXIÈME.

LE DROIT ET LA FORCE.

CHANT DEUXIÈME.

LE DROIT ET LA FORCE.

Il lit, les bras croisés, le sanglant plébiscite,
Et lui, que l'arbitraire aux révoltes excite,
De l'audace de l'acte un instant stupéfait,
Il rentre à l'atelier, en disant : « C'est bien fait ! »
L'ignorance sera son excuse sans doute.
Sur tous les murs il voit : « *l'Assemblée est dissoute.* »
Il voit : « *Je rétablis le vote universel,* »
Ce vote qui devait jeter des grains de sel
Dans le fade pain noir du pauvre prolétaire,
Et du crime il n'a pu sonder tout le mystère.
Sur cette triste erreur Bonaparte a compté.

Et cependant Paris s'éveille garrotté ;
La ville des beaux-arts que la terreur maîtrise
Semble un pays conquis, dans la nuit, par surprise;
Tous les riches quartiers de fer sont hérissés;
Sur les points importants des bataillons massés,
L'arme au pied ; et partout, sombres, silencieuses ,
Des patrouilles chassant les foules anxieuses ;
Au coin de chaque rue, enveloppé d'acier,
A cheval, pistolet au poing, un cuirassier ;
Au bout de tous les quais, au coin de chaque place,
Du canon sur l'affût, foudroyante menace.

Pendant que se dressait ce sinistre appareil
Qui doit terrifier Paris à son réveil,
Des bandes d'argousins se jettent dans les rues ;
De Corses avinés ces escouades accrues,
Comme les assassins qui font leur coup la nuit,
Près des cinq généraux se sont glissés sans bruit ;
Cavaignac, Changarnier, Leflô, Lamoricière,
Bedeau sont arrêtés. La horde policière
Court aussi chez Charras, et le fier colonel
En subit le contact comme un vil criminel.
Ces hommes dont on craint que le soldat n'entende

La parole, obéie alors qu'elle commande,
Dans des fiacres jetés, menacés du bâillon,
Quand ils passent au front de quelque bataillon
Qui, pareil au voleur tapi dans la broussaille,
A pris d'un pas furtif sa place de bataille,
A Mazas écroués, trouvent, pour les garder,
Des soldats qu'un peu d'or pousse à se dégrader.
Oh ! l'armée est acquise au crime qui conspire,
Et qui veut dans le sang arriver à l'empire.
Oui, tout est combiné : Magnan le boucanier,
Dans le commandement remplace Changarnier ;
Neumayer qui des lois respecta la puissance
Au camp de Satory, brille par son absence.
Paris est aux vendus ; et l'on a, pour raison,
Loin du centre, envoyé dans quelque garnison
Tout régiment qui porte, à son serment fidèle,
La République au cœur et qui mourrait pour elle.
Colonels, généraux de petite vertu,
Ayant agioté plus qu'ils n'ont combattu,
Plus signé de billets que brûlé de cartouches,
Connus par leurs marchés, leurs razzias farouches,
Sont autour du pouvoir groupés par Saint-Arnaud
Qui de la chaîne impure est le premier anneau.

Ces héros mirmidons, champignons d'Algérie,
Bien stylés par leur maître en fait d'escroquerie,
Furent tous, à Paris, pour le crime amenés,
Et les cadets d'Afrique empoignent leurs aînés!
Ambitieux et nuls, ils veulent, dans leur rage,
Oter de leur soleil ceux qui leur font ombrage.

A peine de Mazas poussait-on les verroux
Sur les cinq Africains, qu'on scellait le écrous
De plusieurs citoyens aux noms démocratiques :
Baune, fier vétéran des luttes politiques,
Lagrange, à qui déjà les cachots sont connus,
Greppo, le noble frère et l'honneur des canuts,
Miot et Valentin que Dupin, dans sa haine,
Par ses rappels à l'ordre à la prison entraîne,
Et Nadaud, le maçon, et l'artilleur Chollat,
Signalés tous les deux pour leur apostolat.
Comme pour saupoudrer de blanc ces rouges listes,
Par les mains des bandits, deux ou trois royalistes,
Arrachés de leur lit, sont traînés en prison :
Thiers qui, dans ses écrits, donna toujours raison
Au succès, fût-il fils de passions mauvaises,
Roger, qui s'est fait noble entre deux parenthèses,

Baze, pour qui Jasmin doit pleurer en patois (1).
Mais Maupas, pour contraste, emprisonne à la fois
Cent nobles champions du parti populaire,
Hôtes habituels du palais cellulaire.

Est-ce que ces honteux et terribles apprêts,
Ces exploits de bandits et de coupe-jarrets
Éteindront toute ardeur, abattront toute flamme ?
La Révolte sacrée et que le droit réclame
Ne fera-t-elle pas résonner ses tambours
Que Santerre et Danton faisaient battre aux faubourgs ?
Ne sait-elle donc plus dresser ses embuscades
Et fièrement planter, au haut des barricades,
Son drapeau déchiré... dont mes regards deux fois
Ont vu les plis flotter sur le palais des rois ?
Le Bourgeois est muet, le marchand dans l'attente,
L'Achille populaire enfermé dans sa tente....
Mais les représentants ?... où sont-ils ? que font-ils ?
Plus de phrases... marchez... c'est l'heure des périls!..
Oh ! cette fois du moins, ils remplissent leur tâche...

Quand la nuit, noir linceul, descend du ciel et cache
Les rares promeneurs de la grande cité,
Voyez-les arriver d'un pas précipité,

Harassés, pantelants et le râle à la gorge,
A l'un de ces faubourgs où l'émeute se forge.
Déjà se trouvaient là de nobles citoyens
Discutant la révolte et le choix des moyens ;
Et chacun va donner, pâle, mais non de crainte,
Aux nouveaux arrivés la fraternelle étreinte...
Bientôt on s'interroge... — « Amis, on veut savoir
Ce qu'ont fait les élus du peuple? » — « Leur devoir!
Dès ce matin, passant à travers les cohortes,
Plusieurs de l'Assemblée ont pu franchir les portes.
Traqués dans les bureaux, ils ont gagné leurs bancs,
S'apprêtant à signer, tous (car rouges et blancs
Fraternisaient pendant cette courte séance),
Du président félon l'acte de déchéance.
Mais des soldats, guidés par des chefs factieux,
Jusques au sanctuaire entrent en furieux.
On les repousse...; hélas ! résistance éphémère !
L'on se croit à Saint-Cloud et l'on calque Brumaire !
De leur siége arrachés, tous ces représentants,
Ont à subir des chefs les propos insultants.
Entendez-les parler à cette soldatesque
D'un ton où l'odieux le dispute au burlesque.
« S'ils ne s'éloignent pas des portes du palais, »

Dit un prétorien, « grenadiers, crossez-les,
» Et si l'un d'eux, fût-il de la droite ou du centre,
» Veut rentrer, *foutez-lui* la baïonnette au ventre. »
Ce mot de corps-de-garde, en ce lieu solennel,
C'est Gardarens de Boisse.... un noble, un colonel,
Qui le prononce avec un geste d'héroïsme,
En face de soudards honteux de ce cynisme !

« Cependant nous allons encor sommer Dupin
De défendre la Loi... mais le vieux Turlupin
Nous répond par ces mots que l'on rougit d'entendre :
« La loi, messieurs, sans vous saura bien se défendre. »
Et prenant pour pivot son talon de soulier,
Il pirouette et va, le long de l'escalier,
D'un pas précipité, le front bas, le teint have,
Réfugier sa peur dans le fond d'une cave. »

A ce récit, chacun, de rage frémissant,
Cherche à se contenir... mais on écoute, on sent
Ce sourd clapottement, ce bruit confus et vague
Sinistre précurseur des fureurs de la vague.

Un autre élu du peuple alors se lève et dit :
« Vous ne savez pas tout, citoyens, le bandit
Qui dans Strasbourg fut lâche et dans Boulogne infâme,
Le félon qu'en buvant la soldatesque acclame
En hoquets avinés, a déjà mis la main
Sur trois cents d'entre nous. Au faubourg Saint-Germain
Ils s'étaient rassemblés, voulant, du Jeu de Paume,
Après un demi-siècle évoquer le fantôme.
Eh ! que pouvaient, auprès de ce parti transi,
Présidé par Vilet et par Benoît d'Azy,
Cinq ou six montagnards tombés là par mégarde ?
Ce Marais révolté coasse, puis hasarde
Un interdit légal, quand, prompt à l'action,
Il devait fulminer la Révolution
En paroles de feu sur la foule accourue,
Et, le fusil au poing, se jeter dans la rue.
Ses reins auraient plié sous l'effort. Cependant
Aux troupes de Paris on donne un commandant ;
Mais quel est le héros populaire qu'on nomme ?
Oudinot !... nom fatal qui nous rappelle Rome,
Rome qui porte, hélas ! au front de ses palais,
L'arrêt de ce soldat écrit par nos boulets !

Mais c'est glorifier la force militaire !
Devant un caporal c'est dire : il faut se taire !
Aussi, lorsque Forey, de tous les généraux
Le plus nul, leur envoie un de ses caporaux,
Oudinot couronnant sa romaine équipée,
Sous les galons de laine incline son épée.
Du corps législatif cette majorité
Qui, durant trente mois, courba sa dignité
Aux pieds du Président qu'elle savait un traître,
Par des prétoriens, vils esclaves du maître,
Est depuis ce matin captive au quai d'Orsay,
Où d'émeute légale a fini cet essai. »
— « A quoi pouvait mener une émeute légale
Devant un attentat qu'aucun crime n'égale ? »
Répond un citoyen. « Quand manque l'échafaud
Pour punir un tyran, c'est du plomb seul qu'il faut! »
—« Du plomb? Les Montagnards en cherchent, en demandent.
Leurs proclamations au peuple qu'ils gourmandent
Disent : « Révoltez-vous contre l'homme sans foi
» Que la loi nous prescrit de mettre hors la loi. »
Un Comité de Sept, pouvoir de circonstance,
Est nommé pour prêcher partout la résistance ;

Il va fonctionner, agir, de près, de loin,
Se montrant au grand jour, se voilant au besoin,
Affichant sur les murs de la ville en alarmes
Des placards dont la voix crîra partout : Aux armes !
— « C'est fort bien. Oublions qu'on a trop attendu,
Qu'une heure de retard c'est un siècle perdu
En révolutions ; que lorsqu'en trois journées
Nous ne les voyons pas de palmes couronnées,
L'effort des citoyens brisé par le canon,
D'émeute comprimée aussitôt prend le nom.
Ne récriminons pas ; mais mettons-nous à l'œuvre,
Cette nuit ; que chacun autour de soi manœuvre,
Agite son quartier, entraîne son voisin ;
— « Et nous, Représentans, à la salle Roysin
Rassemblons-nous demain, quand sonneront huit heures.
Là sont les ateliers et là sont les demeures
Des ouvriers... allons nous établir chez eux ;
Et d'abord, à défaut de leurs bras vigoureux,
Soulevons leurs pavés avec nos mains débiles.
Si souvent remués dans nos guerres civiles,
Ils se redresseront au mot de Liberté...
Qu'importe quelle voix le leur aura jeté !

L'écharpe sur le cœur que chacun apparaisse
Au faubourg ; que chacun, stimulant la paresse,
Excitant le courage, enflammant le courroux,
Regagne tous ces cœurs qu'on éloigna de nous,
Par le souffle empesté de noires calomnies.
Et celui qui nous crut digne des gémonies
Reviendra d'une erreur funeste, s'il nous voit
Marcher pour le devoir et mourir pour le droit.
Trompé par nos portraits que traça la satire,
Si de nous aujourd'hui le peuple se retire,
Si l'attentat l'abuse ou si son cœur l'absout,
Est-ce donc de nous seuls qu'il faut attendre tout ?
Des libertés compagne altière et sœur aînée,
Que dit la presse ? — « Rien, car elle est bâillonnée.
De sbires, de mouchards nos bureaux sont peuplés,
Sur nos plumes Maupas a posé les scellés, »
S'écrie un Journaliste à l'accent énergique.
— « Mais au moins les tambours de la garde civique
Battront le rappel ? — « Non ; les uns sont enlevés,
Par les mains de Vieyra les autres sont crevés (M).
Chef d'une légion, couvert de mes insignes,
Du pommeau de mon sabre aux maisons des plus dignes

D'entre les citoyens, j'ai, tout un jour, frappé ;
Quelques-uns sont venus ; le reste enveloppé,
Dans le manteau du doute et de l'indifférence
Où le pauvre ouvrier drape son ignorance,
Plus instruit, plus coupable aussi, se tient tremblant
Et n'ose pas s'armer d'un fusil vacillant.
—« Aux armes donc, nous seuls ! Plus un mot qui ne serve !
Si le peuple abusé qui se tient en réserve,
Pour ses représentants ne nous reconnaît plus,
Du martyre, du moins, montrons-nous les élus.
Moins nous serons nombreux, plus grand sera l'exemple.
A défaut du présent, l'avenir nous contemple.
Prouvons à nos neveux que le trépas est beau
Lorsque la Liberté nous précède au tombeau ! »

Et l'on se dit adieu, sans qu'aucune main tremble.

Deux braves citoyens qui s'éloignaient ensemble,
Passent près de soldats qui formaient un bivac,
Riant, jurant, buvant, accroupis sur leur sac...
—« Entends-tu ces propos comme on en tient au bouge ? »

—« Et toi, vois sur le sol, vois cette liqueur rouge
Qui, ruisselant à flots, arrête le regard. »
—« C'est du vin. » --« Oui, du vin... Le sang viendra plus tard ! »

—

CHANT TROISIÈME.

LA BARRICADE.

CHANT TROISIÈME.

LA BARRICADE.

Il est de ces moments de lugubre tempête
Où le chêne aux bras forts, quand règne sur sa tête
De ce chaos de l'air le tumulte confus,
Ne sait plus quel vent souffle en ses rameaux touffus.
On dirait que soudain ses forces l'abandonnent ;
Ses branches, en tous sens s'agitent, tourbillonnent,
Et même, en plein été, son beau feuillage vert
Tombe comme frappé des rafales d'hiver.

Ce chêne, c'est le peuple en ce jour de vertige.
Il va, vient, au hasard, sans que rien le dirige,

Et l'on voit s'effeuiller, dans son trouble profond,
La couronne civique, ornement de son front.

Mais il a tout un jour lu le décret infâme!...
Tout un jour il a pu, dans le fond de son âme,
En peser chaque mot, loin du trouble et du bruit,
Au sein de son foyer, au calme de la nuit,
Dominer de ses sens la première surprise,
Orienter ses vœux et, dans l'horrible crise
Où tout Paris se tord sous un réseau d'acier,
Tout juger sainement et tout apprécier.

Au quartier que jadis dominait la Bastille,
Sur le front des clochers huit fois la longue aiguille
Avait, dès le matin, fait le tour des cadrans,
Quand on vit arriver par des points différents
A la salle Roysin, rendez-vous populaire,
Douze représentants au courage exemplaire.
De réveiller le peuple ils nourrissent l'espoir...
En tous cas, ils sauront remplir le grand devoir.
Sur leur route ils ont tous prêché la prise d'armes :
« Hommes, préparez vous ; femmes, séchez vos larme

L'heure du dévoûment a sonné... Nous voici ;
Et vos mains à nos mains se joindront, Dieu merci !
Pour dresser en rempart les pavés de la rue. »
La foule, en d'autres temps, de porte en porte accrue
A ces nobles accents, de ses plis protecteurs
Eût vite enveloppé ces fiers législateurs
Qui, des rostres brisés par la force usurpée,
S'élancent dans l'arène où va parler l'épée.
Aujourd'hui, peu d'échos répondent à leur voix.
Au sein des ateliers, les ardents d'autrefois
Résistent à l'appel que le vent leur apporte.
Plusieurs même, accoudés aux angles de leur porte,
Jettent un œil distrait sur ces hommes de cœur...
Que dis-je ? un œil distrait !... Par un rire moqueur
Quelques-uns ont osé saluer leur passage....
Malgré ce décevant et sinistre présage,
Fermes dans le projet qu'ils viennent accomplir,
Ces défenseurs des lois achèvent sans faiblir
Le travail que le peuple, en ses jours d'héroïsme,
Exécutait lui seul contre le despotisme.
Voyez-les, voyez-les, Vaubans improvisés,
Faisant honte aux anciens qui restent bras croisés,

Élever, d'une main peu faite à la fatigue,
Un rempart populaire, une première digue
Où pourra se briser le flot tumultueux
De soldats qui déjà monte, monte vers eux.
Un pesant charriot, pourvoyeur de la halle,
Un omnibus prenant sa course matinale,
Deux charrettes jetant comme un son de tambour
Sous leur pas saccadé traversaient le faubourg...
Tout est en un instant renversé sur la route...
Derrière cette prompte et bien faible redoute,
Quelques bons citoyens restent pour partager
De leurs représentants l'honneur et le danger,
Avec quelques enfants, vive et joyeuse meute,
Appoint habituel des forces de l'émeute.

Et le flot de soldats vers ce retranchement
Monte, monte toujours... Prompt au commandement,
Schœlcher, à qui chacun confie un noble rôle,
Adresse à ses amis cette seule parole :
« L'écharpe ! » Par eux tous ses ordres sont remplis,
Et sur leur cœur vaillant l'écharpe étend ses plis.

Comme les anciens preux qui, dans leur flère audace,
Plaçaient sur leur écu, leur casque, leur cuirasse
Un vautour, un dragon, un soleil radieux
Pour provoquer de loin les plus audacieux
Et leur faire un appel dans l'ardente mêlée,
Leur phalange aux soldats s'est par là signalée.
Les fusils ont un but et le plomb assassin
Qui peut-être viendra leur déchirer le sein,
Ira, du même coup, frapper la loi vivante...
Et du flot qui s'avance aucun ne s'épouvante !
Comme au front d'un rempart, surveillants espacés,
Ils se tiennent debout, sur les chars renversés...
Sentinelles veillez !... Du doigt, Schœlcher leur montre
Les soldats qui marchaient.—« Amis à leur rencontre !
Et vous, chers citoyens, dans ce commun malheur,
Que votre plomb ne parle ici qu'après le leur. »

. . . .

La phalange descend sur la large chaussée ;
La troupe a suspendu sa marche cadencée,
Elle hésite et frémit... Mais, d'un ton rude et bref,
Hors des rangs, sabre au poing : « Arrêtez ! » dit le chef.
—« Pourquoi? Lorsque vers vous nous allons, c'est en frères :

Nous ne pouvons nourrir des sentiments contraires;
S'agit-il de partis? non, mais de bonne foi.
N'êtes-vous pas armés pour défendre la loi,
La Constitution, notre œuvre vénérée?
Bonaparte, dix fois, ne l'a-t-il pas jurée? »
—« Vains discours, taisez-vous, je ne vous entends plus;
Mes devoirs sont précis, mes ordres absolus. »
— « Qui les dicta? Le crime. » — « Encore une parole,
J'ordonne à mes soldats et sur vous le plomb vole. »
—« Sous votre aveugle plomb notre sang peut couler,
Mais vous ne pourrez pas nous faire reculer. »
— « En avant! » A ce cri, la colonne s'élance
Vers les représentants qui marchent en silence,
Semblables aux martyrs désireux du trépas.
Mais les rangs des soldats s'ouvrent devant leurs pas.
Neuf fois ils ont franchi leurs lignes parallèles;
Neuf fois la baïonnette aux arètes cruelles,
De leur cœur calme et fier, sous l'écharpe abrité,
A détourné les coups de son dard redouté.
Aucun n'avait compté sur ce hasard propice;
De leur vie ils avaient offert le sacrifice;
Et devant le péril, par un sublime accord,

Tous s'étaient découverts pour saluer la mort...
Le ciel les réservait pour les longues épreuves
De l'exil ; ils devaient, loin des monts, loin des fleuves,
Loin des vallons aimés, loin du toit des ayeux,
Loin du pays ingrat — ou peut-être oublieux
Seulement — ils devaient, apôtres de notre âge,
Ballottés par les flots de rivage en rivage,
Naufragés incompris, sans cesse rejetés,
De ces terrains ingrats, pied à pied disputés,
Extirper de l'erreur l'envahissante ivraie,
Y semer le bon grain d'une croyance vraie,
Habituer le monde à ce spectre fatal
Qu'on lui représentait, trônant sur un étal ;
Ils étaient appelés enfin,— mission sainte ! —
A promener sans faste, à supporter sans plainte
La pauvreté, ce grand et redoutable écueil
Où la dignité meurt quand n'y naît pas l'orgueil !

Hélas ! à cette tâche et si dure et si haute,
Un seul de la phalange, un seul doit faire faute...
Car la mort le saisit pour maintenir ses droits...
Baudin, le montagnard, une dernière fois,

Pendant que ses amis allaient droit à la troupe,
D'ouvriers inactifs veut entraîner un groupe ;
Il court vers eux... « Eh quoi ! par ruse et trahison,
Le mensonge fait homme aurait ici raison ?
Législateur, un jour, n'a-t-il pas dit : *Je jure!*
Et président, plus tard : « *C'est me faire une injure*
» *Que de m'attribuer un projet factieux.* »
Du grain semé le fruit vient d'éclore à tes yeux,
Et tu ne le vois pas, peuple... Est-ce donc possible ?
Le crime se dévoile et te trouve impassible !...
Ton rude corps est-il par les luttes brisé ?
Dans tes veines ton sang est-il donc épuisé ? »
« Tiens!..Pour les vingt-cinq francs, prends garde qu'on se
Répond un ouvrier. Ce mot, comme un stigmate
Va brûler le visage et le cœur de Baudin.
Les lèvres frémissant d'un fébrile dédain
Il recule, et du doigt montre la barricade.
En ce même moment, la vive fusillade
Par coups précipités partait des premiers rangs.
—« Vous allez voir comment on meurt pour vingt-cinq fran
Il dit, et l'œil ardent, se place en point de mire
Devant la soldatesque.... Elle vise, elle tire...

Et trois balles, vengeant d'un déplorable affront
Le héros montagnard, vont étoiler son front.

A deux pas de Baudin, les mêmes feux atteignent
Un enfant... De son sang quelques pavés se teignent...
Mais derrière les plis de l'impuissant rempart,
Comme un rapide écho la fusillade part....
Un soldat, qu'elle atteint rougit aussi la pierre...
Il s'affaisse;... il sourit en fermant la paupière,
Et sa main qui s'étend peut-être aura cherché
La main du pauvre enfant auprès de lui couché.

Est-ce assez de malheurs, assez de funérailles?
Non, c'est une escarmouche... Attendez les batailles!

Quelques représentants, dans le faubourg encor,
Font près des ouvriers un inutile effort;
D'autres se sont jetés dans le quartier du Temple,
Et joignant au précepte un courageux exemple,
Dans le combat qu'au peuple ils viennent demander,
S'offrent pour obéir ou bien pour commander.

Vers la Place-Royale aux antiques arcades,
Pendant que les bourgeois dressent des barricades,
Louis Treize a pu voir sur son socle d'airain
Un grand poète, acquis au peuple souverain —
Et sa couronne en est sur son front reverdie, —
Après avoir tracé d'une plume hardie
L'appel à la révolte, accourir harassé,
Vibrant par tout son corps comme un lion blessé,
Et jeter, rayonnant d'une noble colère,
L'huile de sa parole au brasier populaire (N).

Vingt actes isolés, sans règle, sans accord,
Marquent ce second jour qu'ils dévorent encor,
Et la deuxième nuit prête son voile sombre
Aux sicaires chargés de travailler dans l'ombre.
D'où viennent-ils?... quel est leur drapeau, leur pays?
Regardez donc... Le Nord nous a-t-il envahis?
A travers des lueurs incertaines, opaques,
Je vois briller au loin la lance des Cosaques...
J'entends aussi leurs cris... «Hurrah! hurrah! hurrah!»
Napoléon l'a dit : « Le Cosaque viendra ! »
Non, ce sont des Français... un Français les commande ;

Il faut dire son nom... l'Histoire le demande.
Sur la table d'airain écrivez : *Rochefort !*
Ses soldats?–*des Lanciers!*--Et leur mot d'ordre? –*Mort!*
Résultat trop prévu de la guerre d'Afrique,
Le guet-apens félon résume leur tactique.

Le long des boulevards peuplés de curieux
Indignés, mais pourtant encor silencieux,
Deux brillans escadrons remontent en silence,
Laissant flotter dans l'air la flamme de leur lance ;
Leur colonel allant en avant, sabre au poing. —
Le sang marque son nom... Il ne s'oublîra point !—
On dirait de la mort l'escorte et le ministre.
A quoi bon dans la nuit cette marche sinistre?
Pour réprimer on veut se faire provoquer ;
Pour écraser on cherche à se faire attaquer.
Voilà la mission de ce soldat sauvage.
Les Bourgeois furieux poussent sur son passage
Le cri de République ; il éclate partout...
Rochefort en frémit ; mais de son sang qui bout
Maîtrisant les transports, l'œil calme il continue,
Au sein de ces clameurs qui font jusqu'à la nue

Monter le vœu du Peuple et disent au soldat
Qu'il n'est que citoyen devant le coup d'État.
Mais le soldat subit l'aveugle discipline ;
Sur les pas de son chef lentement il chemine,
Prêt à frapper, hélas ! car de son colonel
Un ordre, quel qu'il soit, n'est jamais criminel.
Rochefort puise là toute sa confiance.
Des surprises d'Afrique il a l'expérience ;
Il masse ses soldats dans un pli de terrain,
Et, tenant ses chevaux esclaves sous le frein,
Il feint de s'éloigner au devant de la foule.
Fière de sa victoire, elle accourt, elle roule,
De mille cris nouveaux faisant vibrer les airs.
Des yeux de Rochefort jaillissent deux éclairs,
Sous sa moustache épaisse un sourire farouche
Se fait jour et ces mots qui tombent de sa bouche
Sont des arrêts de mort : « C'est assez de lenteur,
De vos lances *piquez ces vociférateurs* (o) !
Soldats, imitez-moi ; ne faites point de grâce,
En avant, en avant, et balayez la place ;
Chargez !... » Au même instant, de l'éperon d'acier,
Le colonel, pressant les flancs de son coursier,

D'une ardeur de chacal s'élance et pousse au centre ;
Son sabre de bourreau frappe, abat, taille, éventre.
Ses soldats l'ont suivi de bien près, le jarret
Ferme sur l'étrier et la lance en arrêt.
Chaque coup dans la foule opère une saignée ;
Comme un faible arbrisseau sous un coup de cognée,
Le Bourgeois plie et tombe... ô lamentables cris !
Ô râle des mourants !... Cosaques de Paris !...
A demain les hurrahs ! ce soir faites silence !
Durant ce guet-apens, triomphe de la lance...
Le plomb resta muet... on a voulu, sans bruit,
Tuer, assassiner... c'est un exploit de nuit !...

Guerre civile, horrible et sanguinaire drame,
Déplorable en tout temps et cette fois infâme !...
Depuis près de trente ans, hélas ! combien de fois
Mes pas ont-ils suivi les douloureux convois
De citoyens, martyrs des luttes politiques !
Mais au moins, en ces temps de combats fanatiques,
Quand le plomb balayait la ville et les faubourgs,
Le pays ordonnait... on le croyait toujours.
Alors que les soldats des deux causes rivales

Livraient avec orgueil leurs poitrines aux balles,
C'était pour un principe, un drapeau glorieux,
Ou pour un préjugé, foi sainte des aïeux,
Un dogme que produit l'arbre de la science,
Une erreur quelquefois,... toujours une croyance.
Aujourd'hui le pays se couvre d'un linceul...
Pour un principe?... Non, c'est pour un homme seul ;
Et cette soldatesque en débauche, avinée,
Par quelques corrompus aux crimes entraînée,
Se fait l'exécutrice aveugle en sa fureur
Des caprices d'un fou qui veut être Empereur !

CHANT QUATRIÈME.

LE MASSACRE.

CHANT QUATRIÈME.

LE MASSACRE.

Ils ont jeté la Paix sous un sanglant suaire,
Ils ont frappé la Loi jusqu'en son sanctuaire
Et la Justice, enfin, sur son plus noble autel
A, de leurs mains aussi reçu le coup mortel.
Oui, de la Haute Cour les magistrats suprêmes,
Voyant le pacte saint qu'ils jurèrent eux-mêmes,
Violé par la force, ont, au premier moment,
Ordonné d'arrêter, de mettre en jugement,
Le bandit qui s'insurge appuyé d'une armée;
La *haute trahison* est par eux proclamée,
Le crime palpitant surgit de leur arrêt.

Mais ne nous hâtons pas de signaler ce trait
A l'admiration de la race future :
C'est assez du conseil pour la magistrature.
Imprudente, *elle a dit* ....et n'ira pas plus loin.
Pour agir maintenant, le Président Hardouin,
Moreau, Cauchy, Renouard, Delapalme, Pataille,
Juges et Rapporteur, n'ont le cœur ni la taille.
A l'aspect des soldats qui leur sont envoyés,
Ainsi qu'un vil troupeau de dindons effrayés,
De leurs robes battant sous leurs larges aisselles
Ils agitent les plis, comme de lourdes ailes
Et s'échappent d'un pas tremblant et l'œil hagard.
Hélas ! ce n'est pas tout : on les verra plus tard,
Eux qui, de Bonaparte ont fait un grand coupable,
Eux qui, de l'échafaud le déclarent comptable,
Sous leur toge qu'aucun ne craindra de souiller,
Devant le crime heureux aller s'agenouiller.

Des Grands Juges, pourtant, l'acte de résistance,
En frappant le bandit ainsi qu'une sentence,
Pousse la Bourgeoisie à remplir son devoir.
Dès le matin elle est à son poste et peut voir

De nombreux infirmiers, oiseaux de noir présage,
Lugubres précurseurs des scènes de carnage,
Faire sur plusieurs points leurs sinistres apprêts...
L'ambulance d'abord et la bataille après !

La Bourgeoisie est là, regardant, fière et calme,
A la Patrie en deuil demandant une palme...
Que sonne le clairon, que batte le tambour,
Elle est prête à la lutte et veut avoir son jour !...

C'est elle qui paraît, qui parle, qui proteste ;
Habits et paletots sont là... Pas une veste...
Qu'attends–tu, Peuple, avec tes vœux irrésolus ?
Qu'on ajoute à tes fers quelques chaînons de plus ?...
Tu les auras... Mais non, Bourgeois, qu'on le conseille!
Aux braves ouvriers dont la valeur sommeille,
Allez... et rappelant leur courage indompté,
Montrez-leur ce qu'ils sont et ce qu'ils ont été.

L'avis est entendu... car déjà les plus braves,
Pas plus que les bourgeois ne veulent être esclaves.

Des révolutions éternel arsenal,
Le quartier Transnonnain à donné le signal.
Par nos forces bientôt la mairie est conquise....
« Mort aux voleurs. » Voyez cette noble devise
Qui répond pour le peuple aux soupçons outrageants,
Couronner tout à coup le tronc des indigents
Dont l'honnête gardien sans crainte se retire.
Vils calomniateurs, rimailleurs de satire,
Voyez, voyez encor au trait de probité
Se joindre au même instant l'acte d'humanité :
Aux soldats du tyran on a dit : « Plus d'alarmes.
Nous ne voulons de vous que vos coupables armes. »
En face d'assassins et de voleurs de nuit,
C'est ainsi que toujours le peuple se conduit !

Ailleurs les ouvriers encore se ravisent ;
Des redoutes partout se dressent, s'improvisent ;
La résistance éclate et gagne du terrain.
O, de la Liberté, Génie au front serein,
Soulève de ta main ce Peuple magnanime !
Il sera tout-puissant si ton souffle l'anime !

Bonaparte pourtant s'inquiète... il a peur !
De l'émeute qui gronde il entend ce grand chœur,
Ce tumulte confus comme une mer qui houle,
Cet ouragan de bruit qui monte de la foule.
Il a peur !... A des cris qu'il a pu recueillir
Sa voix s'étrangle ; il sent ses membres tressaillir.
Déjà sont apparus à sa vue abusée
Sur les lambris dorés de son frais Élysée
Les mots qui flamboyaient aux murs de Balthasar.
Quand les Prétoriens le proclament César,
Ce nom l'effraye... Il voit d'Othon l'ombre fatale,
Les spectres de Néron et d'Héliogabale,
Pleins de sang, pleins de boue... il a peur ! il a peur !

Magnan et Saint-Arnaud partagent sa terreur.

Sous l'œil de ses suppôts Maupas qui se concentre,
Bête fauve et sans cœur, tremble au fond de son antre.

Morny, seul, entouré d'aventuriers, d'escrocs
Dont la bourse et l'honneur ont acrocs sur acrocs
Veut la lutte et s'étonne encor qu'on la retarde. —

Courage de joueur qui, sans pâlir, regarde
Le tapis sur lequel par lui sont hasardés
Fortune, vie, honneur, sur un seul coup de dés.

Le sang-froid du joueur donne à tous confiance.
Du combat populaire ils vont courir la chance.
Mais l'homme de Strasbourg se comportera mieux.
Du rôle ridicule il passe à l'odieux.
Il doit être Empereur... qu'un peu de sang le sacre !
Pour conquérir l'armée on la pousse au massacre ;
Durant toute la nuit, comme on l'y préparait !
Tout fusil se chargeait, tout soldat s'enivrait.
César sait bien qu'on a le cœur tendre, après boire.
Tuer est le mot d'ordre et l'on y met sa gloire.
Voyez le plomb partout frapper les curieux ;
Les passants qu'on abat, ce sont des factieux ;
Tirez sus à ce Bleu ! Tirez sus à ce Rouge !...
S'il s'arrête, tirez... Tirez encor s'il bouge !...
Qu'on soit au sein d'un groupe ou qu'on marche à l'écart,
Tout est conspirateur, tirez donc au hasard !
Comme chasseurs à courre, à l'affût, à la piste,
L'on traque, l'on poursuit, l'on vise l'anarchiste...

Où donc le cherchez-vous de quartiers en quartiers ?
Bonaparte : voilà le chef des émeutiers !...

A l'aide d'un pouvoir qui dura deux années,
Il a conduit la France à ces tristes journées !
Par mille bruits divers, mille fois démentis,
Pourtant il avait fait redouter aux partis
Sa folle ambition...; mais toujours repoussées,
Les peurs disparaissaient, sous le rire effacées.

Et pendant ses serments..., parjures solennels..,
Tous les hommes vendus à ses plans criminels, —
Voleurs et débauchés formant son entourage, —
De l'État avili prennent chaque rouage :
Finances, pour solder ; Tribunaux, pour punir ;
Pour corrompre, Beaux-arts ; Soldats... pour en finir,
Tout se meut dans les mains de ses nombreux complices,
Et quand il est à bout de ruses, d'artifices,
Il dit un mot, il fait un geste... et tout Paris
Dans un cercle de fer se réveille surpris !...

Quatre divisions cernent la capitale (P).
Leurs chefs sont achetés. Sous leur ligue brutale,

Droits sacrés, saints devoirs, tout va bientôt céder;
Aux divers lieutenants qu'ils doivent commander,
On a jeté déjà l'amorce souveraine
De la Corruption, redoutable sirène.
Que d'offres! de présents! que de marchés honteux!
A l'avare, de l'or; des croix au vaniteux,
Un grade au mécontent qui boude ou qui réclame;
Cet autre hésite encore... on lui jette une femme.
Places, quais, boulevards, l'encan s'ouvre en tout lieu,
En plein air, au soleil, sous le regard de Dieu!
On a vu,— c'est hideux! — quelques femmes perdues,
Aux bras des généraux tendrement suspendues,
Imprimant sur leur honte ainsi le dernier sceau,
Devant le double rang des fusils en faisceau,
Parler d'amour à prix, de flamme illégitime,
Pour entraîner des chefs et les pousser au crime!

Canrobert qu'à trahir on trouve un peu trop lent,
Reçoit le dernier choc de l'*Escadron Volant*
Qu'on a ressuscité pour égayer les chasses
Du Président-filou, pour courir sur ses traces
La cravache à la main, pour lui gagner des cœurs.

anrobert n'y trouvait que des rires moqueurs ;
ais il voit arriver l'amazone qu'il aime,
épouillée à la fin de sa rigueur extrême.
lle est tendre, coquette, et promet un amour
ue le sang va payer avant la fin du jour.

- « A ce soir ! » — « A ce soir ! » Et d'une âme asservie
llant à sa brigade où l'ardente eau-de-vie
rcule, Canrobert fait signe, et le tambour
ette aussitôt dans l'air son bruit lugubre et sourd.

De la grande cité c'était l'heure marquée.
haque division, tranquille ou provoquée,
cette heure, devait, quel que fût le danger,
mettre en mouvement et faire converger
ur le long boulevard ses légions massées,
ui, de ce point central promptement relancées,
ont de leur fureur, assourdir, effrayer
es quartiers du travail, et partout balayer
ar le plomb, par le fer, les foules indignées ;
u, plus lâches encor, comme les araignées
endre de vils filets, afin d'y ramasser

L'ennemi dont le sang est si doux à sucer ?
Noble emploi du soldat et glorieux office !
Assassin... s'il ne veut être agent de police !

Pendant que Marulaz, Herbillot, Courtigris
Et De Cotte et Dulac font dans le haut Paris,
Avec leurs fantassins, ces courses militaires,
En soufflant la terreur dans ses longues artères ;
Pendant que le trépas, d'un bout à l'autre bout,
Sur des ailes de feu les précède partout,
Reybell, plus sûr encor de sa cavalerie,
Au boulevard de Gand la pousse avec furie.
Rochefort qui, la veille, avec deux escadrons,
Commença ses exploits à l'heure des larrons,
S'enhardit : le grand jour n'a rien qui l'intimide.
Du sang des citoyens leur lance encore humide,
D'ivresse chancelants sur leurs coursiers fougueux
Qui, de rage et de vin semblent ivres comme eux,
Ses cavaliers, reçus par d'immenses huées,
Se font jour au travers des rues obstruées,
Et leur flamme écarlate, une seconde fois,
Ravive sa couleur dans le sang des bourgeois.

Écoutez... regardez... quel bruit!... quelle fumée !
ers le haut boulevard l'atmosphère enflammée
oule et semble porter tous les feux de l'enfer.
est De Cotte qui vient, poussé par Canrobert ;
urs soldats sont lancés sur la large chaussée.
les voir, on dirait une troupe insensée.
s tirent sans viser... à quoi bon plus de soin?
ur façon de combattre est celle du Bédouin...
ns ce sombre ouragan pour n'être pas heureuses
s balles aujourd'hui sont beaucoup trop nombreuses.
les sifflent ainsi que de vifs aquilons ;
n les sent crépiter ainsi que des grêlons.
ans les carreaux brisés comme elles retentissent !
r le front des maisons comme elles rebondissent !
s murs où tant de plomb frappe et va s'aplatir,
nt étoilés ainsi que les plaques d'un tir ;
plâtre s'en détache et tombe avec les balles ;
u boulevard entier il paillette les dalles,
arrête aux branches d'arbre, aux barreaux des balcons.
n dirait que la neige est tombée à flocons.

Ce n'est pas tout encor, car la guerre civile,
ux appels du canon, doit ébranler la ville.

Ce signal plus affreux, Canrobert l'a donné...
Détournons nos regards... le massacre a sonné !...
Mais non; comptons les coups sur nos tristes murail
Et vous, dragons d'airain, vomissez vos entrailles !
Les voilà, gueule ouverte... Artilleurs, pointez-les
Éventrez les maisons sous le choc des boulets;
Votre gloire, de rien ne peut être jalouse ;
Courage !... ouvrez la brèche à l'hôtel Sallandrouze
Ensuite allez fouiller sous ses moelleux tapis.
Là sont dix ouvriers sous leurs plis accroupis ;
Traînez-les tout tremblants sur l'escalier de pierre
Dites leur d'adresser au ciel une prière,
Et d'un plomb assassin, sans pitié, sans remords,
Nobles gens ! faites-les compter parmi les morts !

Pour son labeur jamais le canon ne lésine.
D'un pur conservateur la maison est voisine...
Elle a ses flancs ouverts, ses panneaux écroulés
Et les corps des martyrs y sont amoncelés (Q).

Bonaparte, voilà tes grandes Saturnales !
Ivres sont tes soldats, leurs fusils et leurs balles !..

Mais pour tout raconter courons de toutes parts,
Des places aux faubourgs, des quais aux boulevards...
Ici d'abord... voyez... un vieux bourgeois se sauve
Devant un fantassin ; mais l'hyène à l'œil fauve
Abat son arme...; on voit le vieillard tournoyer,
Lever les mains au ciel... sur ses genoux ployer...
Et tomber mort... Plus loin, en face de la Bourse,
Une femme s'enfuit... — « Camarade, à la course
Ce gibier !... » Le coup part... Magnan et Saint-Arnaud,
Vos soldats autrichiens valent ceux de Haynau !

Partout des cris d'effroi, partout des voix plaintives !
Suivez ces pas discrets, ces démarches craintives...
Là pleurent des amis, là ce sont des parents
Qui viennent relever les morts et les mourants...

De Rochefort après la noble passe d'armes,
Cherchant sa ration et de sang et de larmes
La Ligne arrive... Elle est à présent chez Brandus.
Un domestique y meurt, les deux bras étendus,
En voulant de son maître assurer la retraite.
Brandus est prisonnier... la troupe le maltraite,

On le mène à Reybell... Le brave général,
D'un ton semi-soldat et semi-théâtral :
—« Vous êtes musicien? Et moi donc! je m'en pique.
» Voyons, n'ai-je pas fait de très-bonne musique?... »
Bien vite au cabanon enfermez l'insensé
Qui peut rire du sang que sa main a versé (R)!

Au café de Paris, à l'hôtel de Castille,
Partout l'affreuse Mort fauche à pleine faucille.
Au Cercle du Commerce on fait irruption.
Devant cet arsenal de conspiration
Le chef s'est écrié : « Nous tenons la nichée! »
C'étaient quelques vieillards à la tête penchée,
Banquiers, juges, rentiers, autour d'un feu groupés...
Sur un échec au Roi le plomb les a frappés!

Marchons et de forfaits allongeons cette liste.
On frappe tout : savant, littérateur, artiste.
En face du tableau qu'avec amour il peint,
Sa palette à la main, Jollivard est atteint,
Et d'un voile de mort son visage se couvre!...
Jean Goujon écrivait sa gloire au front du Louvre,

Quand le plomb ricochant aux festons d'un rinceau,
Lui fit tomber des mains son immortel ciseau!

Seul encore, à ces coups le bourgeois est en butte.
L'ouvrier ne veut pas se jeter dans la lutte...
Il attend; — toutefois quelques-uns sont venus.
Oui, je les reconnais...! le front haut, les bras nus;
Ceux-là sont les vaillants, ceux-là sont les fidèles.
Liberté! couvre-les de tes puissantes ailes!
Par leurs lèvres, le Peuple, en ce jour solennel,
Au Bourgeois a donné le baiser fraternel.

Comme au souffle du vent les feuilles balayées,
Voyez courir là-bas les masses effrayées.
Vers le Temple, un boulet rapide et bondissant
Prend une femme aveugle et la tue en passant...
Un second qui ricoche entre deux barricades,
Frôle du Château-d'Eau les limpides cascades
Et frappe un pauvre enfant, au milieu d'un essaim
D'écoliers, folâtrant tout autour du bassin.

Au quartier Rambuteau, les balcons, les fenêtres
Regorgent de soldats. Ils s'y placent en maîtres,

Et de là, sans péril, leurs fusils convergeants,
Écrasent les bourgeois avec leurs feux plongeants.

Au repos, Morulaz ne saurait se résoudre;
Il brûle sur les quais une innocente poudre;
Aux faces des maisons il fait la guerre... Ailleurs
J'entends, plus dangereux, les feux de tirailleurs.

Du soldat, en tous lieux la conduite est indigne.
Un honnête ouvrier tombe aux mains de la Ligne :
— Es-tu républicain ? »—« Oui, vraiment, je le suis ! »
—« En prison, scélérat»—« Pas de train... je vous suis.»
—« Non...Vois-tu ce briquet?... si tu crains qu'on te tue,
Brigand, tu vas crier sous sa lame pointue :
« *Vive Napoléon !* » Aussi ferme qu'un roc,
Le prisonnier sourit et crie : « *A bas l'escroc !...* »
Le fer va droit au cœur de ce martyr qui tombe.

Au quartier Saint-Martin ce n'est point une tombe
Qui s'ouvre; mais la honte y fait rougir le front
D'un enfant qu'on soumet au plus sanglant affront.
Prisonnier, les soldats, en ricanant, le lient
Et du fouet dégradant les lâches l'humilient...

Les enfants de Paris aiment les beaux trépas :
Infâmes ! tuez-les, mais ne les frappez pas !

La bataille s'étant un moment apaisée,
Une ouvrière accourt aux fleurs de sa croisée ;
Derrière leur feuillage elle jette un coup d'œil
Timide, épouvanté, sur ces scènes de deuil...
Un soldat l'aperçoit, l'ajuste...; elle se penche...;
Et son sang va rougir la marguerite blanche...
Dans la rue une goutte en tombe, par bonheur,
Sur l'habit du soldat... C'est là sa croix d'honneur !

Voyez donc sur ce pont ces hommes qu'on entraîne
Du haut du parapet, dans les flots de la Seine
On les jette blessés... Un seul, avec effort,
Sur l'eau teinte de sang monte et surnage encor...
Mais on le suit de l'œil... et bientôt de la berge
Une grêle de plomb le frappe et le submerge.

Au soldat on a dit de ne point oublier
Ses revers de Juillet et ceux de Février...
De là ce grand courroux, cette ardeur vengeresse,
Ce besoin de carnage excité par l'ivresse...

Un brave et vieux marin au service blessé
Descend de son faubourg, d'un pas lent, cadencé,
Appuyé sur le bras d'une longue béquille.
De loin quelques soldats l'ont vu...; la flamme brille,
Le plomb vole... et du cœur du malheureux marin
Coule un reste de sang qu'épargna Navarin.
ier de son coup, sur lui son assassin se rue...
t voyant sa béquille à deux pas étendue...
ans que d'aucun regret son esprit soit saisi,
l dit : « Tiens, j'avais cru que c'était un fusil. »

Pays du vieil honneur, pauvre France ! ô ma mère !
a générosité n'est plus qu'une chimère...!
lais à tous ces forfaits ne reconnais-tu pas
e fatal contre-coups des guerres de l'Atlas ?
on orgueil les voulait...; subis-en donc les peines.
C'est la répression des tribus africaines,
'obéissance aveugle, à toute heure, à tout prix,
'indigne razzia transportée à Paris.
out chef dit : « Combattons pour couvrir nos désordres ! »
t tout soldat répond lâchement : « J'ai des ordres. »
es crimes qu'on commet, Dieu seul peut les compter !

On égorge la ville en voulant la dompter...
Tout s'y couvre de morts, dans les pleurs tout s'y baigne,
Le meurtre l'envahit, l'assassinat y règne ;
On voit le sang humain couler, couler partout,
En ruisseaux se former et tomber dans l'égout.
A chaque pas l'horreur prend des formes nouvelles :
De la chair en lambeaux, des débris de cervelles,
Des cadavres souillés, rangés sur un trottoir ;
Le boulevard n'est plus.. c'est un long abattoir !

Dieu juste ! Dieu vengeur ! quel crime ma patrie
Avait-elle commis, pour que son sang qui crie
N'ait pas, en t'éclairant sur ta fatale erreur,
Contre ses assassins fait tourner ta fureur ?
C'est peu d'avoir, au sein de son cruel supplice,
De l'absinthe et du fiel épuisé le calice ;
Quelle que soit sa gloire aux siècles à venir,
Les taches de ce jour sont là pour la ternir.
Même alors qu'elle aura brisé ses servitudes,
Quand nos fils ouvriront, à leurs heures d'études,
Le livre qui dira ces horribles combats,
Ils rougiront de honte et le liront tout bas.

—

CHANT CINQUIÈME,

AVENIR.

CHANT CINQUIÈME.

—

AVENIR.

Dans un réduit des plus modestes
Quatre braves s'étaient glissés,
De poudre tout noirs, harrassés. —
C'étaient deux habits et deux vestes. —
Ils avaient fui l'œil du vainqueur
Qui trônait sur les barricades ;
Ils se parlaient en camarades,
Car ils se savaient gens de cœur.

Tous quatre, sur un peu de paille
Se tenaient assis et groupés,

Pressant entre leurs doigts crispés
Des fusils chauds de la bataille.
Le premier, jeune étudiant,
Avait, dans ces luttes fatales,
Montré sous un dôme de balles
Un visage toujours riant.

Le second portait une tête
Que l'on ne saurait oublier ;
C'était l'esprit de l'atelier,
Du Peuple c'était un poète.
Du troisième, aux plus durs métaux
La main rude était familière ;
Noble fils de la fourmillière
Qui manie enclume et marteaux.

L'autre, un bourgeois ; il semblait être
Aux émeutes fort aguerri ;
La barricade Saint-Mery
Dès longtemps l'avait fait connaître.
Tous les quatre s'étaient trouvés
En face des soldats farouches,

Brûlant leurs dernières cartouches
Derrière les derniers pavés.

Mais le vieil ouvrier à la voix grave et sombre,
Aux sourcils noirs faisant briller ses yeux dans l'ombre,
De ses amis voulut savoir
Comment on appelait un brave
Qui, près de là, pour ne point vivre esclave,
Au prix de tout son sang avait fait son devoir.

L'étudiant lui dit : « Ce noble et fier jeune homme,
Ce héros, ce martyr, c'est Dussoubs qu'on le nomme.
Avec un soin religieux,
Comme un pur parfum dans un vase,
Dans notre cœur, si la vertu l'embrase,
Conservons sa mémoire et son nom glorieux. »

Et le populaire Tyrtée
Parut méditer un moment ;
Ensuite il chanta lentement
Sa chanson par le cœur dictée.

« Le grand devoir peut quelquefois
» Rendre des ruses légitimes.
» Tout a ses règles et ses lois :
» Il est des mensonges sublimes.

» Denis Dussoubs avait un frère aîné,
» Élu du Peuple. — Et ce frère malade,
» Par la douleur dans un lit enchaîné,
» N'aurait pas pu, sur une barricade
» Faire briller devant la mort
» La blanche écharpe aux franges d'or.
» Le grand martyr feignant une assurance
» Qu'il n'avait plus dans le fond de son cœur,
» Court vers son frère... « Ami, bonne espérance !
» Avant ce soir le Parisien vainqueur
» Aura, sous un rire moqueur,
» De ses bandits purgé la France !

» Le grand devoir peut quelquefois
» Rendre des ruses légitimes.
» Tout a ses règles et ses lois :
» Il est des mensonges sublimes.

» Mais de Denis quel est donc le dessein ?
» Secrètement du frère qu'il embrasse
» Il prend l'écharpe... ô sublime larcin !
» Sur sa poitrine avec joie il la place,
» Et vient, sur les pavés monté,
» Parler au soldat irrité.
» Ni son œil fier, ni sa voix inspirée,
» Ni même, hélas ! l'écharpe aux franges d'or,
» Rien n'a touché cette troupe égarée...
» La balle siffle... une autre... une autre encor...
» Denis frappé, tombe... il s'endort
» Dans son écharpe déchirée.

» Le grand devoir peut quelquefois
» Rendre des ruses légitimes.
» Tout a ses règles et ses lois :
» Il est des mensonges sublimes. »

— Silence ! à côté d'eux entendez-vous ce bruit ?
Le pas d'un homme !... on sent qu'il se cache, qu'il fuit...
Est-ce un des leurs ?... A quoi se doivent-ils résoudre ?
Ils n'ont plus une balle, ils ont brûlé leur poudre ;

De deux sabres leurs coups ont ébréché l'acier...
N'importe ! ils vendront cher leur vie... Un officier !...
Oh ! celui-là du moins a l'âme bien trempée !
La veille, il a brisé son honorable épée
En face de ses chefs... Il manquait en ce lieu !...
Dans ce groupe vaillant qui l'a conduit ? c'est Dieu !
Entre ces nobles cœurs la confiance est prompte.
Le soldat a couru tout Paris, il raconte
Les exploits de l'armée et les ordres donnés
Par Morny, par Maupas ; les soldats entraînés
Par l'argent, par le vin, aux fureurs les plus lâches.
Mais sur le front des chefs il fait monter les taches.
Il dit les boulevards de cadavres jonchés,
Qu'on laisse, pour l'effroi, dans la fange couchés ;
Il dit du Luxembourg et de la Préfecture,
Tous les assassinats, — horrible forfaiture ! —
Les mille citoyens ou frappés ou raillés,
De nuit, au Champs de Mars conduits et fusillés...
Ce qu'il flétrit surtout c'est cette promenade,
Calque de Franconi, lâche fanfaronnade,
Ces hauts carabiniers longeant les boulevards,
Et des soldats blessés exposant aux regards

Les linges teints de sang sur de larges civières,
Pendant que dans les airs des fanfares guerrières
Célèbrent la victoire... O grands triomphateurs !...
Néron règne !... voilà ses pompes, ses acteurs !...
L'officier dit enfin la parodie infâme
De cette élection que le vainqueur réclame,
Les soldats, dans les rangs, à l'ordre, allant voter,
Et la France en émoi, prête à les imiter ;
Les urnes qu'on confie à des mouchards, placées
Sur des monceaux de morts ; et de terreur glacées,
Toutes les mains, sous l'œil de lâches délateurs,
A des scrutins félons portant des *Oui* menteurs.

— « France, ils te font gravir le Golgotha des hontes !
Du lingot d'or voilà comment on rend les comptes ;
Les chiffres en sont pleins et de boue et de sang, »
Reprend l'étudiant, de rage frémissant.
« Du bandit insurgé la victoire est parfaite.
Bonaparte a marché jusqu'à ces jours de fête,
Avec ses lieutenants, troupe de débauchés,
Vers l'accomplissement de ses desseins cachés.

Grâce à ses passions, à ses penchants obscènes,
Deux jours de plus encore, il était à Vincennes,
Et la plupart des siens, vils escrocs de salon,
Trois mois de plus à peine, ils partaient pour Toulon.
Cependant observons... Bonaparte et sa bande,
De l'Oncle, en un seul jour, détruisent la légende;
Elle s'évanouit en déchirant son nom,
Comme un orage au ciel sous les coups de canon.
Oh! le progrès, partout, suit sa marche certaine :
La perte de l'armée était encor lointaine ;
Ses combats, ses horreurs la frappent sans retour;
De sa mort elle vient de rapprocher le jour..... »
— « En attendant, voyez cette ville asservie...
L'ordre règne à Paris ainsi qu'à Varsovie,
Quand le Czar y planta son drapeau triomphant, »
Ajoute l'officier : « c'est un souffle étouffant
Qui s'exhale du sein de la cité broyée.
La race aux grands instincts s'est-elle fourvoyée ?
Peuple, en qui je trouvais la suprême fierté,
Tu portes le front bas comme un lion dompté! »
—« Dompté..! Non, non, » s'écrie en son amour jalouse,
L'homme au corps vigoureux et couvert de la blouse.

« Où sont aux boulevards les arbres étendus,
Les angles de maisons par le peuple mordus,
Les terribles éclats de la foudre qui tombe,
Les ouragans pareils aux fureurs de la trombe,
Brisant un toit ainsi qu'un enfant un carreau,
Et tournant en spirale un robuste barreau?
Non, le Peuple n'a pas dit son mot dans ce drame. »
— « Tant pis, répond soudain le poëte... En mon âme,
Il a tort. » — « Là-dessus fais-lui quelque chanson! »
— « Écoutez... c'est pour tous peut-être une leçon...»

Et le populaire Tyrtée
Quelques instants se recueillit,
Puis de sa poitrine agitée
Ce chant énergique jaillit :

« En voyant Cavaignac conduit sous bonne escorte,
» Le peuple a dit, saisi d'un vif ressentiment :
» Place, place à ce fiacre, amis ; car il transporte
» Le transporteur sans jugement. »

» Eh ! voilà Changarnier, honteux de sa surprise !
» L'aveugle obéissance était sa seule loi ;
» Et le Peuple lui dit : « Général, ta devise
» Aujoud'hui tourne contre toi. »

» Le Peuple a dit encor : « C'est bien ! » en voyant comme
» Le duc de Saint-Pancrace, au siége de Paris,
» Du siége impie et lâche auquel il soumit Rome
» Venait de recevoir le prix.

» Le peuple a vu saisir, sans changer d'attitude,
» Thiers, qui le baptisa d'un nom humiliant ;
» Et dans ses flots ouverts *la vile multitude*
» L'a laissé passer en riant.

» Peuple, aux fautes d'autrui tu viens joindre ta faute,
» En te laissant couper les griffes, vieux lion !
» En criant dans ces jours de deuil d'une voix haute :
» Vive la loi du talion ! »

« La loi du talion ! Mais elle s'est trompée,
» Alors qu'elle a brisé par un lâche moyen

» Du colonel Charras l'intelligente épée,
» Arme du soldat citoyen.

» La loi du talion ! où donc te conduit-elle ?
» Quand tu veux l'appliquer elle te coûte cher ;
» Dans un commun arrêt elle englobe, elle mêle
» Hugo, Creton, Barrot, Schœlcher.

» Tandis qu'Ivry, Mazas, Pélagie et Bicêtre
» De Philippistes purs reçoivent le troupeau,
» Leurs cachots malfaisants vont suer leur salpêtre
» Sur Baune, Dufraisse et Greppo.

» La loi du talion ! c'est la loi des vengeances.
» Malheur à qui l'invoque ! il en sera puni !
» C'est la force appelant devoir ses exigences,
» C'est... c'est le crime à l'infini !...

» Peuple, je ne veux pas, aveugle en ma tendresse,
» Aujourd'hui te donner un bill d'indemnité ;
» Je ne t'excuse pas, comme d'une maîtresse
» Un lâche cœur pardonne une infidélité.

» Si ceux qu'on n'a pas vus sur la place publique,
» Un jour ont soif et faim ; une voix en courroux
» Ne pourra-t-elle pas répondre à leur supplique :
» Fainéants de Décembre, allez à deux genoux,

» Allez ronger les os des cadavres livides,
» Dans le charnier commun jetés par tombereaux ;
» Allez, allez lécher de vos lèvres avides
» Le sang dans tout Paris versé par les bourreaux ! »

» Peuple, ma voix n'est pas sans doute aussi sévère ;
» Sans t'absoudre pourtant, j'explique ton repos :
» Tant d'hommes qui portaient de ces noms qu'on révère
» Avaient devant tes yeux levé tant de drapeaux !

» Quand des représentants, dans ces scènes farouches,
» Te criaient : « Saisissez vos armes et marchez? »
» Tu pouvais dire : « Où sont nos fusils, nos cartouches?
» Vos votes imprudents nous les ont arrachés ! »

» De ton inaction ces raisons sont les vraies...
» Faut-il donc y trouver un reproche éternel !

» Nous sommes tous blessés..! Mais sur nos tristes plaies
» Pour les guérir versons un baume fraternel ! »

A l'ouvrier, alors, d'une voix attendrie,
Le bourgeois s'adressant : « Frère, notre patrie,
De nos rivalités a trop longtemps souffert.
Que ton cœur à mon cœur désormais soit ouvert...
Ta main s'offre à ma main...! c'est gage d'espérance !
L'ouragan de Paris va courir sur la France.
Si Paris seul était sous leur char écrasé,
Amis, le mal serait trop tôt cicatrisé...
Tout doit être broyé sous le poids de leur roue.
Le paysan, martyr que sur la croix on cloue,
Qu'on vole, qu'on exile à l'heure où nous parlons,
Va de germes heureux peupler tous nos vallons.
De son sang généreux les campagnes baignées,
A nos fiers étendards sont désormais gagnées ;
Passant des citadins, ses privilégiés,
Aux pauvres paysans qu'elle avait oubliés,
La Persécution fera grandir l'Idée ;
Par des pleurs tout nouveaux la terre fécondée
Hâtera les épis... La Révolution
Arrive du principe à l'application ;

Le *Jacques* a payé sa dette ; et le martyre,
Enfin, dans notre sphère et l'engage et l'attire.
On croit qu'en nous frappant le canon nous détruit...
Le sang versé fermente et fait naître le fruit !
Quand nous nous rappelons quelle faible poignée
Nous étions lorsqu'un jour la royale cognée
Abattait d'un seul coup quatre jeunes rameaux
Tombés, sans se courber, comme de vieux ormeaux (R);
Quand nous songeons combien, tant en habits qu'en vestes,
Nos phalanges étaient peu nombreuses, modestes,
Alors qu'un d'Orléans, pour lui, put redresser
Un trône que nos mains venait de renverser ;
Quand enfin nous songeons combien peu dans les rues
Nous avions dans nos rangs vu venir de recrues,
Alors qu'en Février, au milieu des éclairs,
Le mot de République éclata dans les airs ;
Sur ces points culminants quand notre esprit se pose,
Nous devons être fiers de notre sainte cause.
Loin de maudire Dieu, nous devons le bénir,
Car nous ne pouvons plus douter de l'avenir.
Mais du Roi-Corrupteur l'égoïste pensée,
Par les lois, par les arts, aux bourgeois professée,

Leur a, pendant vingt ans, distillé son virus.
L'intérêt personnel, ainsi que l'acarus,
S'incruste et multiplie ; il perce l'épiderme
Et dans le corps entier corrompt tout noble germe.
Bientôt chaque ouvrier au cœur républicain,
S'est senti dévoré des mêmes soifs du gain :
Et nous avons perdu, grâces à cette amorce,
En noble dévoûment, en énergie, en force,
Tout ce que nous devions au nombre grossissant.
De ce temps de repos le motif est puissant.
En Juin quarante-huit, notre héroïque armée
Fut, de ses vieux soldats, par le plomb décimée ;
En Juin quarante-neuf ses chefs furent proscrits,
Et nous venons de voir dérouter ses conscrits.
On peut trouver encor plus d'un débris fidèle
Au devoir ; mais l'armée, amis, où donc est-elle ?
Tout est en ce moment à réorganiser ;
Le Parti s'est dissous.... pour se recomposer.
Oui, conservons la Foi : sur la terre de France
Tout grandit promptement...; ayons-en l'assurance :
Pour que le blé soit mûr et le raisin vermeil,
Il n'est besoin, chez nous, que d'un jour de soleil. »

Et les cinq citoyens, unis contre le crime,
Vengeurs prédestinés du pays qu'il opprime,
Se levèrent alors, car ils s'étaient tout dit.
Mais, cherchant dans les airs l'étoile du Bandit,
Ils virent l'arc-en-ciel, symbolique présage,
De son prisme brillant colorer le nuage ;
Puis ces héros, prenant par différents chemins,
Se dirent : « A BIENTÔT ! » en se serrant les mains.

FIN.

NOTES.

—

(A) — *Que nous verse Casabianca :*

Vingt-cinq millions volés au trésor public furent apportés à l'Élysée, par le corse Casabianca. On l'avait nommé, quelque temps auparavant, ministre des finances, pour qu'il aidât pécuniairement à faire le coup.

(B) — *Heureux comme le beau Dunois :*

Le beau Dunois a été chanté par la reine Hortense qui avait une affection particulière pour les bâtards.

On dit : « Heureux comme un bâtard. » Serait-ce le secret de la fortune de M. de Morny ? — *La niche à fidèle,* dont parle la strophe, est un petit hôtel attenant à l'hôtel princier de Mme Lehon, aux Champs-Élysées. Cette *niche* a été construite pour tenir à la chaîne l'amoureux des onze mille vierges... de théâtre. Le fils de M. de Flahaut et de la reine Hortense avait des millions de dettes, la veille du coup d'État. Il est maintenant le plus fort actionnaire de toutes les entreprises industrielles de France et il achète des propriétés pour des sommes fabuleuses. Tout cela, pour avoir été le grand ordonnateur des fusillades de décembre. Plus heureux que le *joueur* de Regnard, son modèle,

« Dans ses heureuses mains *le plomb se change en or.* »

(c) — *Dans les cellules de Clichy :*

M. Leroy qui a volé le nom de Saint-Arnaud, imitant en cela la plupart des hommes de la bande napoléonienne, a été, vers 1830, l'hôte de Ste-Pélagie, alors affectée aux prisonniers pour dettes. Il en sortit en puisant dans la bourse de la femme d'un de ses compagnons d'infortune. L'argent, destiné à faire lever l'écrou du mari, fut employé à libérer le chevalier d'industrie. — M. Leroy a souvent eu recours à l'argent et aux hardes de la plus belle moitié du genre humain. En 1834, il mettait en gage au mont-de-piété « *un châle de laine et deux chemises de femme, l'une en toile, l'autre en calicot, pour la somme de dix-huit francs.* » La reconnaissance du mont-de-piété a été entre les mains de M. Schœelcher. (Crimes du 2 décembre, pages 433 et 434, édition de Londres). — Pour ce qui est de cette *enquête où son honneur courait grand danger,* nous renvoyons à la *Biographie des trois maréchaux* de la fournée de Napoléon III, publiée à Bruxelles. On y verra que l'ex-garde du corps, chassé de sa compagnie, que l'ex-comédien de la banlieue de Paris, Florival, que l'ex-surveillant immonde de la duchesse de Berry, à Blaye, que l'ex-gracié du général Rullière, a fait disparaître, après le coup d'État, une enquête commencée sur les faits et gestes de l'ex-commandant de la subdivision d'Orléansville.

(D) — *Toulon pourrait s'ouvrir pour toi :*

Enfant de l'intrigue, M. Maupas a volé aussi sa particule. La Révolution de Février le surprit au moment d'un mariage qui l'apparentait avec une famille placée dans l'entourage de Louis Napoléon. L'élection du 10 décembre lui valut la sous-préfecture de Boulogne et bientôt la préfecture de l'Allier, puis celle de la Haute-Garonne. M. Maupas n'estimait point qu'il fût péfet tout de bon tant qu'il n'avait pas obtenu la mise en état de siége de son département. Il lui fallait une conspiration, des visites domicilières, des arrestations préventives. Le juge d'instruction disait qu'il n'y avait pas lieu. Ce fut alors que M. Maupas osa proposer au premier président et au procureur général *de s'arranger pour qu'on trouvât des armes cachées au domicile des personnes qui lui étaient suspectes ; il lui était venu un homme de Paris... en lui donnant le temps, on aurait bientôt glissé chez les suspects des papiers, de la poudre, des grenades !* — Le procureur général indigné, en écrivit à M. Rouher qui appela son subordonné à Paris. M. Maupas fut mandé aussi par le ministre de l'intérieur... M. Maupas était perdu... Oh! que non. L'Élysée reçut le préfet, et le Président le proclama homme de génie; ces deux grands cœurs étaient faits pour se comprendre : Maupas fut jugé digne d'être dans la confidence du crime de décembre : on le nomma préfet de police. — Telle est la source pure de sa fortune.

(E) *Quelques boutons d'or soient mêlés :*

Tour à tour Bonapartiste, légitimiste, orléaniste, républicain et décembriste; tour à tour français et belge, M. Magnan, officier de fortune, a fait des bassesses sous tous les drapeaux et des dettes dans tous les pays. On sait le rôle qu'il a joué avec les insurgés de Lyon, et sa double trahison lors de l'échauffourée de Strasbourg. A Lille, son nom a été mêlé de la manière la plus déplorable dans des tripotages avec des agents de remplacement militaire. C'est pour se tirer de là que furent souscrites des lettres de change à M. Tancé, négociant de Lille, lettres de change qui étaient protestées et non payées, le 2 décembre. La prise de corps était entre les mains de M. Ramond de la Croisette ; et il y avait au dossier une lettre du général implorant *la pitié* de son créancier. Le général n'a pas eu pitié, lui, des citoyens de Paris ! C'est pour son impitoyable sévérité qu'il reçut 500,000 francs le 2 décembre ; qu'il a été nommé sénateur, et que sa fille a été dotée de 300,000 francs. Joli bouton d'or !

(F) *A nous le banquier journaliste :*

Après la Révolution de Février, l'ex-officier royaliste, Delamarre, devenu banquier et propriétaire du journal *La Patrie,* préoccupé des intérêts de la République naissante, alla proposer au ministre de l'intérieur, Ledru-Rollin, de prélever une contribution forcée sur la caisse de tous les banquiers de Paris. « Je me placerai, lui dit-il, derrière une porte, et à mesure que vous ferez passer devant vous ces loups-cerviers, moi, qui connais leur portefeuille, je vous soufflerai le chiffre auquel vous pourrez élever votre demande. » Il est inutile de dire que cette proposition fut repoussée par M. Ledru-Rollin.

(G) — *L'une à la face, l'autre au cœur :*

Verron, le plus grand corrupteur de notre époque, en est aussi l'homme le plus corrompu. L'esprit et la matière sont de même ordre chez lui. Ce charlatan a pris Granier de Cassagnac pour compère : tel maître tel valet.

(H) — *Lui qui jadis chanta Néron :*

Belmontet, grand solliciteur pendant la République et pique-assiette chez Marrast, est un des auteurs d'une tragédie intitulée *Néron*. Cette pièce était si mal construite et si pitoyablement écrite, qu'elle eût été refusée à l'Odéon, si M. Soumet ne se fût chargé de la poser sur une base un peu solide et d'en traduire en français le dialogue méridional. La pièce, malgré ces corrections, n'obtint qu'un succès fort contesté.

(I) — *Que Fleury met sur son agenda :*

Ce colonel des Guides fut forcé de s'engager dans un

régiment de cavalerie, après une jeunesse des plus orageuses, passée dans les tripots de Paris. En Afrique, il mena *une vie assez étrange dans l'intimité du fameux Youssouf.* Pendant la présidence de Bonaparte, il fut le dégustateur des plaisirs du maître. On s'en rapportait à son goût. Après lui venait Bacchiocchi, dont la charge était de payer la marchandise qu'il essayait aussi. On ne dit pas si, depuis le mariage du maître, ces deux employés aux menus plaisirs illicites ont cessé leurs fonctions.

(J) — *On se munit avant la lutte*
Contre une éventualité.

La phrase est historique.

(K) — *A l'imprimerie où Saint-George gouverne :*

M. Saint-George s'était fait connaître par un roman indigeste sur la police. Il a voulu faire de l'histoire policière, en qualité de directeur de l'*Imprimerie Nationale.*

(L) *Baze pour qui Jasmin doit pleurer en patois :*

Le poète-perruquier-gascon Jasmin a demandé humblement à Napoléon III la rentrée de M. Baze dans sa patrie... M. Baze a répondu à M. Jasmin : « *faites des toupets et des barbes.* »

(M) *Par les mains de Vieyra les autres sont crevés :*

M. Vieyra s'appelait, il y a une vingtaine d'années, Vieyra Molina. Molina a disparu de sa signature... Pourquoi ? Parce que presque tous les hommes de Bonaparte ont quelque raison secrète qui les oblige à quitter le nom de leur père. Or, M. Vieyra-Molina était jadis *loueur de maisons de prostitution,* comme l'atteste un procès de 1827. Depuis cette époque, M. Vieyra a fait de tristes spéculations ; puis il s'est lancé en *furieux* dans le parti *modéré ;* c'est lui qui, dans les journées de Juin 1849, brisa les presses des journaux républicains. En décembre, il creva de sa propre main la peau d'ane des tambours de l'état-major de la garde nationale. Son dernier titre à l'estime des bonapartistes lui a été octroyé, depuis décembre, par la cour d'appel de Paris qui a reconnu, par arrêt, M. Vieyra fauteur de *mensonge et de fraude.*

(N) — *L'huile de sa parole au brasier populaire :*

Victor Hugo fut nommé membre du *Comité de résistance* par ses collègues, et il se montra digne, durant toute la lutte, de cette marque de haute confiance.

(O) — *De vos lances, piquez ces vociférateurs :*

Le mot est historique. On ajouta même : « *Lardez-les.* » M. Rochefort est un colonel de cuisine.

(P) — *Quatre divisions cernent la capitale :*

Sous les ordres de Saint-Arnaud, ministre de la guerre, et de Magnan, général en chef, se trouvaient les généaux Carrelet, Korte, Renault, Levasseur, Tartas, Ripert, Marulaz, d'Allonville, Gardarens de

Boisse, Dulac, de Cotte, Forey, Herbillon, Bourgon, Courtigris, Canrobert, De Lourmel, Reybell et Sauboul qui, assure-t-on, fit froidement fusiller des prisonniers dans l'allée du Luxembourg. Nous serions injustes si nous oubliions ici les colonels Rochefort, Feray, Chapuis, de Lamotterouge et Espinasse.

(Q) — *Et les corps des martyrs y sont amoncelés :*

L'ordre donné au capitaine d'artillerie Charrier portait de tirer aussi sur la maison Billecoq, marchand de châles et *ami de l'ordre*. L'étage occupé par le banquier Jouannet était à jour. On a tué chez lui tout ce qu'on a rencontré.

(R) — *Qui peut rire du sang que sa main a versé :*

Il est nécessaire d'affirmer, à chacune des paroles mises dans la bouche de ces chefs de Bédouins, que le poète n'invente rien.

(R bis) page 95. *Tombés sans se courber comme de vieux ormeaux :*

Les quatre Sergents de la Rochelle, ces jeunes et héroïques martyrs, comptaient, dans la Charbonnerie, parmi les membres du parti républicain.

—

www.ingramcontent.com/pod-product-compliance
Ingram Content Group UK Ltd.
Pitfield, Milton Keynes, MK11 3LW, UK
UKHW020351230726
13925UKWH00003B/1069